Memorias de un Camaleón
(Micro Ficción)

§

Número 5

Colección

Arca
de los

Seres Imaginarios

Copyright © 2013 Miguel De La Cruz
Primera edición, 2013.

Revista *Arenas Blancas*, NMSU.
Center For Latin American and Border Studies, NMSU
Samaniego Faculty Fund
Taller Literario *P:6:30*
Las Cruces, New Mexico, USA.

Colección *Arca de Los Seres Imaginarios*

Impreso en Saline, Michigan, USA.

De La Cruz, Miguel. *Memorias de un Camaleón (Micro Ficción)*. Colección: Arca de los Seres Imaginarios, Center For Latin American and Border Studies, NMSU; Revista *Arenas Blancas*, NMSU, 2013. 72 p.

Chameleon's Memoirs (*Memorias de un Camaleón*) is a collection of short stories and flash fiction fragments written in Spanish. In this text, we can taste the US-Mexico border provided by the language and the scenery. It is divided in six sections which include themes like death, victims, and madness. The characters in these stories cross many borders and challenge the stereotypes embedded in society.

ISBN: 978-0-9890623-4-3

Diseño original de la Colección: Rebeca Mera Miranda.
Fotografía de portada: Rebeca Mera Miranda
Cuidado de edición: José Manuel García-García, Adriana Candia
Cuidado de diseño: José Manuel García-García

Memorias de un Camaleón

(Micro Ficción)

Miguel De La Cruz

Agradecimientos

Sin el trabajo del *Taller Literario Pizca a las 6:30*, este libro de micro-narrativa no sería el mismo. Gracias en especial a José Manuel García por su tiempo, por la iniciativa y por su apoyo constante, a Adriana Candia por su hospitalidad y sus consejos a este trabajo durante la primavera del 2013. Agradezco al Samaniego Faculty Fund por el apoyo económico a este proyecto.

M De La Cruz

Para mi familia

Prólogo

La piel de un Camaleón no es solamente verde, cambia con los años, con las vivencias. Su coloración se transforma como nuestra ropa, como nuestros valores. En esta región habitamos muchos camaleones. Nos ponemos máscaras para aparentar, para digerir las circunstancias. Este libro no se limita a un sólo discurso regional fronterizo. Los personajes que viven en él tienen posibilidades infinitas, andan sueltos entre las páginas. Han trascendido las barreras que les fueron impuestas. Sus roles se hacen borrosos, los objetos actúan cómo personas y las gentes se cosifican. Vivimos en un carnaval desértico lleno de disfraces grises. Las voces en esta antología tienen una relación extraña con los estereotipos, los contradicen, juguetean y se fusionan con ellos. Si el lector llegará a perderse en las páginas, sólo póngase su antifaz y vuélvase camaleón.

Fronteras

Desde acá de este lado, todo es blanco, lleno de deseos. Los puntos conectados van dando forma a mis letras que se contraen en las líneas. Desde acá, la ficción juega con las reglas. Las leyes se multiplican y corroen todos los sucesos. Siempre vivo divagando en el futuro. Soy feliz con la posibilidad de emigrar al otro lado. Allá, todo estará en presente, todo será realidad y el acá quedará en pretérito. Cuando lea las líneas de este cuento, estaré junto al lector, habré cruzado la frontera.

Annoyed

No había más que tigres: no se oía otra cosa que el ronquido profundo e inalcanzable del tigre hambriento, cuando trota con el hocico a ras de tierra para percibir el tufo de los animales.

— Horacio Quiroga, *Los bebedores de sangre.*

Conitos de nieve

Parecían sacados de una postal, una pareja de viejecitos caminaban tomados del brazo. El hombre asumiendo el rol de caballero ayudaba a su esposa Bárbara a mantener el paso. La señora siempre tenía los ojos llorosos, los años le otorgaron ese martirio, ojos verdes pero ya sin luz, marchitos como su cuerpo. Una pequeña joroba le sobresalía en la espalda. Seguía siendo vanidosa. Pero su pulso no le ayudaba, anudado con su cansada vista. En su rostro llevaba unos intentos de maquillaje, el lápiz labial adornaba partes que hacen frontera con los labios. La mujer caminaba lentamente, pero con firmeza, decidida a llegar.

El señor Joseph Smith siempre fue un buen proveedor. Recuerda cómo decidieron mudarse al sur del país. Sus cuerpos pedían calidez, no como el clima frío de Massachusetts. Después de quince años viviendo en Las Cruces se consideraban felices. Todo era parte de un juego de azar, con los ojos cerrados y el índice dando vueltas por el sur del mapa. Al final, terminaron aquí, en la *tierra del encanto*. Sonriendo contaban esa historia.

Recuerdan también cuando los chicos pensaban que irían a México. —El estado de Nuevo México tiene tan poca importancia en el país, que pocos saben de su existencia, — excusaban la ignorancia de sus hijos—.

Compartían la ciudad con muchos otros *retirados*, era como si tuvieran una nueva vida. Les gustaba platicar con diferentes parejas de sus aventuras del pasado y siempre tenían mucho que hacer. El lunes de bingo, los martes de golf, los miércoles se los dedicaban a su hogar. El señor Smith sentía un orgullo especial por su jardín. Su día favorito era el jueves porque salía de cacería. Le gustaba sentir el poder del rifle, su dedo apretando el gatillo y acabar con su presa instantáneamente. Un congelador en el garaje, lleno de carne de venado, era innecesario para la pareja.

Al caminar juntos semejaban un par de conitos de nieve, inocentes, sonrientes. Se paseaban con la seguridad otorgada por los años vividos. Una pareja de ancianos aprovechando sus últimas bocanadas de aire, trataban de disfrutar lo acumulado durante una vida llena de planeación financiera. Donaban su tiempo y dinero a la iglesia. Les gustaba la imponencia del edificio y que siguieran construyendo cuartos para reuniones. Querían que más gente aprendiera de la Biblia y de Dios, como ellos.

Los Smith siempre buscaban conocer otras personas. En su reunión mensual de la Asociación Nacional de Pistoleros se presentó un grupo élite de *veteranos*. Eran unos hombres que seguían sirviendo al país gratuitamente. A diario, el grupo patrullaba el sur de la frontera. Joseph, fascinado, esperó al final de la presentación para conocer al fundador, Chris SimKox. Tras una larga insistencia pactó una reunión amistosa para seguir con su charla cordial.

Al siguiente día, muy temprano, llegó el invitado al almuerzo. El señor Smith colocó a SimKox en el lugar principal de la mesa. Huevos, un jugo frío de naranja, y acompañados de una plática llena de concordancias se traducían en el momento cumbre de la mañana. Se entendieron tan bien como si fueran conocidos de años. El viejo Smith tenía la piel rojiza, adoptó una postura relajada. Disfrutaba del café sin azúcar. Estaba tan contento que parecía un poco ansioso, era más que asombroso ver a una persona a punto de colapsarse, hablar orgulloso de sus capturas:

—Me gusta meterme en la mente de la presa y cómo hay que ser sigiloso, me gusta al final el rojo indicando el objetivo, es como ver la sangre que adorna el ambiente.

—Sí Joseph, hay unos animales que les escurre un rojo más lento. Es un tono único, es más espeso. Se tarda para gotear, un tanto flojo, como los mexicanos —bromeaba el invitado.

Dándole una palmada en la espalda, el anciano lo condujo a un estudio al fondo de la casa. Entraron a un cuarto oscuro, tenía un olor extraño, como a incienso. Había una variedad de animales disecados que ilustraban la riqueza en la fauna de Estados Unidos: venados cola blanca, un gato montés y un oso gris. Había una parte iluminada hasta el final con un par de trofeos, los más exóticos de todas sus cacerías. Eran unos especímenes hermosos. Uno era macho joven, la piel morena; llevaba un pantalón de mezclilla, su pecho estaba descubierto y con un pico aparentaba estar trabajando.

—El chico corrió varios metros, pero mi buena puntería lo alcanzó —informó el orgulloso cazador.

La hembra, su preferida, era hermosa. Le gustaba contemplarla a diario. Una joven delgada y de cabellera larga era la atracción principal de la colección.

El señor Smith le tocaba el brazo, como consolándola. Pero inmediatamente fruncía las cejas.

—Ella tuvo la culpa por haber entrado así al país.

Lo decía con la certeza de que desde ese momento Chris y los otros aprobarían su museo privado.

Menú del sábado

A lo lejos escucha esa musiquita que produce una sonrisa burlona: —you spin my head, lalala—. Le trae buenos recuerdos. Las imágenes de las mujeres y sus invitaciones lo acorralan. El brillo de los faros le indica el camino. Se le incendian los ojos, se deja llevar. El corazón se revoluciona, siente un cosquilleo por todo el cuerpo. Le da emoción; ha decidido cruzar; tiene el poder contenido en un par de billetes verdes. Es un contador al que le apasionan las estampas de *Dragon Ball Z* y de *Spiderman*. Poco apoco se va transformando. Acumula dinero para salir vestido de Lobo. Sale de cacería, su cuerpo así se lo pide. Por eso vive lejos, exiliado. No quiere atragantarse en la ciudad, sabe que todo le hará buena digestión si come con mesura. Por contraste, en su vida de Siervo, come pasto, sigue instrucciones.

Durante el camino se llena de deseo. Conoce la ciudad perfectamente, pero sabe que la ruleta de la mala fortuna amenaza su vida. A esa hora todos son Lobos. Esas múltiples voces de placer le resuenan en la cabeza. Las oye a todas, con su diferente aroma, su diferente fricción. Él siente como si un demonio se fuera apoderando de su cuerpo. No le importa el peligro, le gustan las insinuaciones y lo fácil del trámite. Sus cejas erizadas opacan cualquier rastro de vergüenza.

Sabe que todo puede ser suyo; tal posibilidad le produce satisfacción. Sólo basta alzar la mano, apuntar con el índice y marcharse acompañado. Sabe que no tiene que hacer promesas, ni escuchar; cualquiera es suya si así lo desea.

El whiskey le raspa la garganta, tiene un sabor amargo, caliente. Su olor acido le sube por la tráquea y lo vuelve a aspirar. Un par de piernas lo tienen perplejo; le gusta la piel morena, el brillo del cuerpo generoso. Se imagina acariciándola lentamente, abalanzándola, rozándola, repartiendo grititos de satisfacción y risas sensuales, que terminan en aspiraciones repetidas.

En su locura no hay sangre, sólo pecado, sólo excitación. Calculando cada paso, cada palabra, cada negociación, pactan un precio y se van del lugar. Le gusta tener el control, jugar con las máscaras y filmarse. Le gusta ser Lobo, comer carne tierna y saciar su apetito. De regreso se viste de cordero, recuerda que también es feliz comiendo pastura.

Ya en la oficina el corderito comenta: «*My weekend was alright. I stayed up late on Saturday watching movies and eating pizza. I came across Snuff films. What a sick concept*».

Sábanas tintas

Y mañana, quizás mañana sea diferente. Quizás Él baje para salvar al mundo.

—San Teodoro X

Hoy era distinto, no hablaban de mujeres, hoy hablaban de sus planes, de sus cosas. En el turno vespertino irse *de pinta* siempre fue tentador. No ir a la escuela resultó más provechoso que la aburrida clase de matemáticas. El grupo de adolescentes ensayaba su rol de adultos:

—De unos años para acá, como dice mi Apá, parece que hicimos enojar a Dios, nos tiene bien jodidos. Pobre mi Apá, la pata ya la trae toda torcida, dice que por viejo no le dan trabajo, yo pienso que es por renegado o porque camina chueco.

La única lámpara del parque consentía ver unos ojos hinchados y tristes. Cuando hablaba se llevaba las manos al rostro pensativo. Era un joven, con actitud seria que contrastaba con el desorden de su cabello. La voz apenada y gruesa seguía oyéndose:

—Nombre, mi jefa, esa está peor, que si tráeme esto, que si apaga la tele, que si préndela, que si pa qué estudio si estoy rete cabezón, que si por nuestra culpa está toda jodida de la columna. El día que se cayó fue el pior, se la pasó días llorando, ya ni le salía la voz, pero ahí seguía, tirada en la cama tapada hasta la cabeza, no se levantaba.

De camino a casa, su plática le daba vueltas. Cuestionaba todo: su actitud pasiva, no poder trabajar, no saber estudiar, no ser bendecido ni por el narco. El recuerdo de los gritos de su madre lo cegaba. La imagen del pañuelo empapado en sudor lo aturdía. Un picoteo en la cabeza le reveló su destino. Era un zumbido proveniente de la espalda de su madre. Una bomba amenazante colocada en la columna, esperando el momento justo para estallar. Llegó a casa exhausto, siguió pensativo, no supo más de sí.

Percudida, la mañana era distinta. Toma su camisa con una calma inusual, se abrocha los botones de abajo hacia arriba, se pone el pantalón que todavía luce líneas planchadas de principio de semana. Cuidadosamente, se despide de los cuerpos ensangrentados. Enciende la luz del cuarto de su hermanito, se acerca y lo despierta pacientemente:

—Vamos ya es hora, Él ya bajó, ya los salvó.

Outsider

—*No tenga miedo señor. No lo mataré.*
Nada más voy a sacarle los ojos.
—*Pero, ¿para qué quieres mis ojos?*
—*Es un capricho de mi novia. Quiere*
un ramito de ojos azules y por aquí hay
pocos que los tengan.

Octavio Paz, *El ramo azul.*

Fina

Dicen que así han venido varios Cristos, como Josefina, que llegan sin dejar huella, sufren solos y se van.

La falsa profeta persuadía a la multitud con sus parábolas. Tenía el rostro de mi tía Josefina, una persona aberrante que nadie soportaba y que yo aguantaba por ser familia. Recuerdo bien su atuendo, traía los mismos pantalones roídos que usó durante los últimos veinte años. Utilizaba unas zapatillas sin cinta con agujeros justo en los callos. Cuando se las quitaba se le podían ver unas garras afiladas, amarillentas, listas para herir. Sus manos arrugadas eran el reflejo de su espíritu añejo, estaban llenas de pecas. Las palmas de su mano eran lisas, casi sin huellas dactilares. Sus modales la hacían grotesca. Cuando comía, dejaba escurrir por los dedos la manteca de los guisos escapándose por los extremos de la tortilla. Y le gustaba coleccionar cubiertos de las cocinas que visitaba. A pesar de no ser bien recibida, iba de casa en casa, como lo hacen los diplomáticos. Su rostro estaba curtido por el tiempo. Tenía una mirada de oráculo, era irónica, como si supiera verdades y se las guardara. Era antagónica a cualquier persona querida. Por ella sólo sentía un desprecio que me nacía de las entrañas, era un impulso visceral.

Josefina murió hace dos años. El sonido producido por las piedras al caer sobre el ataúd, me hizo sentir un gran descanso. En su entierro sólo estaban los vecinos curiosos que querían cerciorarse de que el cuerpo quedara ahí. Con un grito amargo, la despidió el único ser que parecía sufrir por su partida. Los demás, sólo observábamos.

Güero Mustang

Con su auto último modelo se paseaba por la ciudad, lo llamativo de su vehículo despertaba la envidia en los otros conductores. Tras la señal escarlata, dos bólidos acordaban batirse a duelo. Sólo unos segundos bastaban para que el olor a neumático quemado inundara el crucero.

La música que producía el asfalto al ser castigado por la fricción de su automóvil, lo nutrió de un poder masculino extraño. Dos cuadras más tarde, ella estaba ahí, como de costumbre, esperando el transporte público. Él se acercó lo suficiente como para invitarla en un rito seductor:

—¿Qué pasó mi'ja? ahora sí se va a subir, véngase, yo la llevo.

La muchacha pretendía no escuchar nada y buscaba el autobús a lo largo de la calle, hasta el fondo, hasta donde le alcanzaba la vista, como si sus ojos pudieran hacerlo venir más rápido.

Tras una larga obstinación, el Güero siguió su camino, sin nada que hacer, tenía una vida que se resumía sobre el concreto. Su padre, el soldado gringo, le había heredado el Mustang y según él, muy buen dinero. De su madre no le gustaba hablar mucho, sólo le heredó lo andariego. La imagen de su hogar no le traía buenos recuerdos. Él era feliz, solamente paseando, recorriendo las calles de su ciudad, con el sol iluminando su rostro y la posibilidad de llegar a esos caminos lejanos y por recorrer.

En su espera del verde, frente al semáforo, un cortejo fúnebre se atravesó en su camino. Le entristeció el número reducido de autos que acompañaban al difunto. Moviendo la cabeza pensaba en su deseo de no correr con la misma suerte; el suyo tenía que ser largo y lleno de automóviles deportivos. Le gustaba hacer pequeñas obras de caridad, sobre todo si involucraran a su Mustang. Puso las direccionales, encendió los focos y respetuosamente siguió el funeral. Lapsos difíciles como éste lo hacían reflexionar, su preocupación más grande después de su auto, era la cajita de cartón que llevaba en la cajuela, extraña y minuciosamente adornada con estampas, piedritas, papel periódico y de todo lo brillante que encontraba por sus andares. En esa cajita guardaba su secreto, sería su regalo para la humanidad su tesoro para el mundo.

Después de cargar gasolina, decidió ir por caminos conocidos. Siempre vigilante de su auto y tras estacionarlo cuidadosamente, el Güero quiso caminar por el centro de la ciudad. El volante del auto lo sostenía con su mano izquierda y con la otra pretendía saludar a cuanto se le cruzaba. A todos les sonreía:

—Míralos que bonitos, todos huelen tan fresquecito y vienen todos formaditos, bien peinaditos, ay y las muchachas, tan guapas, todas estiradas, con sus bolsas bien brillosas, ¡fiu, fiuuu! Todos son tan joviales y galanes, míralos, todos tan arreglados. Ay, éste es muy gracioso, todo un catrín, con su saquito, pero mira que zapatitos tan chiquititos.

Molesto, cambió de actitud al percatarse que su lugar había sido ocupado por un automóvil verdadero, el Güero, amenazó a los transeúntes. Asustó a los niños con sus gestos y sus gritos inesperados y sin sentido. Su piel rojiza lo asociaba con su origen anglo, usaba unos zapatos de vestir de diferentes modelos con ambas puntas apuntando a la derecha. Por una de las suelas se le veían unas costras oscuras. Tenía un olor a encerrado y los peatones le rodeaban al pasar. Una camiseta sucia con varios agujeros era cómplice de sus aventuras urbanas. Su pantalón estaba adornado por varias manchas y desprendía un olor fecal tenue. Lo acompañaba una mirada profunda y acusadora, que interrogaba silenciosamente, buscaba encontrar al que había osado destruir su caja.

Un par de minutos bastaron para que un vendedor llegara con una barra de hierro, propia de un albañil. El Güero Mustang siguió insistiendo con su actitud hostil, a pesar de haber sido amenazado.

El choque del hierro y el asfalto llamaron su atención y rápidamente se percató de la presencia de la barra. El loco, Inclinó su cabeza, se postro y besó la mano del vendedor:

—Ah, no hace falta el cetro real.

Se dio la vuelta y huyó corriendo. En la calle se escuchó el rechinido de unas llantas que llenaron el ambiente de olor a plástico quemado.

Guiño

Pasaban de las doce de la noche. Se había llegado el fin de semana disfrutaban de sus días de descanso. Un ritmo electrónico amenizaba e invitaba a las conversaciones. El tintineo de las copas sellaba el ambiente como fraternal. Soltaba una carcajada sujetándose el estómago, sentado al centro de la mesa, Buda disfrutaba de la inauguración del nuevo departamento de Alá. El sitio era amplio, cuidadosamente decorado, siguiendo las más estrictas normas del *Feng shui*. Como dos buenos amigos Jesús y Ganesha disfrutaban de las conversaciones de los mortales en una *proyección* de alta definición. Les entretenían las teorías de los humanos sobre el comienzo del mundo y las fórmulas de felicidad infalible. Con una actitud disidente al otro extremo de la habitación, Quetzalcóatl sonreía irónicamente, contemplando el cuadro abstracto que Afrodita le había regalado al anfitrión. Las féminas secreteaban en una de las habitaciones. María y Parvati hablaban de lo viejo que estaba Zeus y de su terquedad al no querer reinventarse.

El sonido de una botella que se quiebra interrumpió la armonía del ambiente…

Mientras en la *proyección*, dos mortales se jugaban el futuro del mundo en un argumento. Los actores se desenvolvían en una escena trillada. Con diálogos rebuscados buscaban fulminar a su contrincante. César y Diego se reunieron en una cita etiquetada por la charla de la semana anterior. Los dos se habían quedado con un mal sabor de boca. Se pasaron los días confabulando argumentos, preparando armas que les permitieran herir de muerte a su adversario. Por fin, estaban frente a frente. La urgencia por comenzar su duelo hacía más emocionante la reanudación de la batalla. Diego comenzó con una plática amena y neutral de temas cotidianos: el clima, la política, la bolsa. César replicaba muy animoso, con una sonrisa de triunfo, sentía que su contendiente era eficaz evadiendo lo inevitable. Poco a poco desenfundó su arma, en unos dardillos lanzó al aire un poco de veneno invitando a discutir. Sin darse cuenta Diego cayó en el juego y replicó. De su espalda se podía ver una llama que consumía la cordura. Con un gesto de desacuerdo lanzó una daga punzante. Sus palabras poco a poco laceraban a su oponente. A los dos debatientes les salía fuego de la boca. Sentían un calor sofocante que sólo les incitaba a hacerse daño. César cargó el arma y bombardeó con su argumento más incisivo. Dejó herido de muerte a su adversario; engreído, sentía la victoria cerca, era poseedor de la verdad absoluta. Diego agonizaba con una lanza clavada en el pecho. Sin fundamentos se sintió desnudo. Antes de poderse contemplar, el holograma de sus razones había sido destruido. Al finalizar la batalla los dos egos abatidos se despidieron y se fueron.

La tensión seguía enfocada en otro incidente; desde las escaleras, las mujeres disfrutaban el espectáculo del botellazo en la cabeza de Jesús, el Mesías.

Desaparecido

—Yo, señor, no soy malo, sólo me equivoqué una vez. Decía Rodolfo cuando lo interrogaban en la comisaría. La apariencia del joven era extraña, como de otra especie. Hablaba con una voz nasal molesta, similar a palabras saliendo de una corneta. Su cabellera rubia, la sujetaba con una liga. No era feo, sólo distinto, con los hombros muy pegados a la cabeza. Era de estatura baja, con los pies muy grandes. Trabajaba en una tienda de amuletos y pócimas para la buena suerte. El negocio ocupaba un espacio bueno en el centro comercial remodelado. Siempre estaba lleno de señoras pidiendo consejos y de curiosos que sólo entraban para matar el tiempo. El joven se ocupaba de atender a los clientes y recomendarles productos efectivos.

—No soy malo señor, sólo me equivoqué en venir para acá, en pedirle a la Dama que me trajera, ahora ya no puedo regresar. No la he visto desde que partió a Abobalindria. Fue a mi aldea por otros elfos, para que ayuden en la tienda.

Limpiaba sus lágrimas con unos dedillos largos, mientras se podía ver lo puntiagudo de sus dientes.

Apparent

Me miras, de cerca me miras, cada vez
más de cerca y entonces jugamos al
cíclope, nos miramos cada vez más de
cerca y nuestros ojos se agrandan, se
acercan entre sí, se superponen y los
cíclopes se miran, respirando
confundidos, las bocas se encuentran y
luchan tibiamente...

—Julio Cortázar, *Rayuela.*

El rosario

Sostenía el vaso de café y le daba unos sorbos largos, apenas eran las diez de la mañana y ya había acabado con dos cajetillas de cigarros. Hoy no quiso conducir y me pidió que lo hiciera. La mirada la tenía disipada, parecía nervioso. Sus ojos se centraban en cada espectacular que quedaba atrás. Había un código *masculino* implícito que no me dejaba preguntar su congoja.

La situación incómoda se trasladó al almuerzo. Su plato estaba a medias, como su sonrisa. Su tristeza era evidente, pero no la dejaba asomar. Parecía que sus sentimientos estuvieran castigados, como si les restringiera el acceso para que los demás no los vieran, pero alcanzaban a asomar la frente por la ventana de su rostro.

En la Policía Judicial aprendimos a mencionar lo necesario, censuramos cuidadosamente ciertos datos personales. Son máscaras que utilizamos para proteger a nuestras familias. Compartimos una relación que dura sólo la jornada laboral. Somos cómplices durante unas horas. Fernando es un hombre de edad media, robusto y muy alto. Tiene el bigote ancho, tupido. Se vale de su cara seria para intimidar. En las calles ese recurso es muy valioso. Conmigo, para fraternizar, habla con un doble sentido, así solaza el día.

Esa mañana después de una llamada, me pidió que detuviera la camioneta, me sujetó el brazo fuertemente y dijo: —mira cabrón, se murió mi jefe y ya lo están velando, vamos a ir, pero mucho cuidado con andar de hocicón.

Unas horas después entramos a la funeraria Santa Cecilia. Estaba lejos, hacia el poniente de la ciudad, cerca de donde termina el concreto de la calle 21 de Marzo. Las puertas de vidrio, con marcos de aluminio, eran improvisaciones *kitsch* que combinaban lo feo de los alrededores con intentos de modernización sin presupuesto. Nos dirigimos a la capilla de la izquierda. Dos cirios eléctricos estaban en vigilia del féretro. La escenografía aprovechaba la luz de la mañana para iluminarse.

Seguí a mi compañero tomando mi distancia. Me senté lejos, siempre me fue incómodo manejar el protocolo de los velorios. El Cristo de metal vaciado servía de descanso a los ojos. Era un imán que atraía a la vista y la alejaba unos instantes del ataúd.

Percibía un olor a gas natural combinado con el cloro impregnado en el piso. Las coronas florales siempre me parecieron de utilería, pero su aroma alcanzaba a disimular los otros olores.

Un hombre sentado al frente del salón contemplaba la caja. Atesorando la imagen, se limpiaba las lágrimas suspirando pausado y moviendo la cabeza. Fernando se acercó silencioso, le tocó el brazo lentamente para no interrumpirlo. Lo abrazó y le dio un beso respetuoso en la mejilla.

Los dos caminaron hacia el féretro. El cuerpo estaba cuidadosamente acomodado, se podía ver como las canas le adornaban el cabello. Traía puesta una camisa blanca y llevaba un rosario de hilo negro en las manos. Las arrugas de su rostro reflejaban cierta sabiduría. La piel amarillosa, evidenciaba fallas que vienen con la edad. Mi compañero no soltaba al viejo, mientras lo apoyaba en su hombro.

—Hijo, se nos murió su papá, se me fue mi alma gemela. Él era mi compañero, era mi amigo. Ya nomás le queda un papá.

—Sí papá, pero así tenía que ser, ya tenía el hígado muy malo, ahora el que se tiene que cuidar es usted, tiene que comer. Ya no llore jefe, desde allá del cielo nos va a cuidar.

Cuando salimos de la funeraria, Fernando me franqueó con su mirada. Tratando de explicarse me dijo:

—Los dos son mis papás y los quiero mucho.

Nunca hablamos del tema. Hay un rito que Fernando hace con el que me siento protegido. Cada que paso por él, Fernando sube al asiento trasero, besa el rosario que trae colgado al cuello y lo coloca en el respaldo vacío.

Tacones predilectos

Desde muy pequeña le gustó hacer lo que sus compañeros hacían. Las riñas contra los niños de los barrios contiguos moldearon su capacidad para defenderse. Con los años, el territorio dejó de tener importancia y las disputas eran por el cariño de alguna compañera de escuela. A pesar de su estatura, Martha muchas veces resultó victoriosa, ayudada de los trucos que aprendió en su infancia. El factor sorpresa era imprescindible: la mordida al rostro, la arena a los ojos, la pedrada certera en la cabeza. Aprovechaba para derrotar a los chicos y ganarse la confianza de su próxima conquista.

A Martha le atraían las mujeres, pero prefería la compañía de los hombres; su pasión por los deportes, la enseñó a compartir su mismo idioma. —Son muy simples y prácticos— pensaba—. El drama en sus vidas es mínimo: sexo, comida y *hobbies* quizás se intercalen o se confundan, son sencillos, es curioso.

Los días de violencia pasaron y desarrolló otra habilidad letal. Martha aprendió a utilizar la seducción. La guardaba celosamente dentro de un estuche forrado en terciopelo negro. Eran unos tacones de charol rojo, brillantes, con la punta filosa, estrechos, amoldados perfectamente al pie. Al ponérselos adquiría un poder sobrenatural. La confianza adornada por una sonrisa insinuante resaltaba la imponencia de su ser. El tacón alzaba las velas, mostraba la firmeza de sus muslos erguidos. Esa espada perpendicular al talón, indicaba su postura de guerra, dispuesta a exterminar al que cuestionara su voluntad.

Su círculo de amigos la ha orillado a esconder sus otras inquietudes. Una viuda negra en sus noches silenciosas de cacería. Se vestía para matar. El mundo perdía inmunidad ante sus encantos. Un escote atrevido advertía su pequeño busto, pero esa imagen se borraba con el poder de sus ojos. La seguridad adquirida se reflejaba en lo calculador de sus gestos. Su danza constante al caminar desprendía el aura del deseo. Sus pasos complementaban el silencio de la calle. El asfalto y su palpitar acelerado eran una premonición sexual anunciada con el sonido de los tacones al andar.

La belleza de su imperfección encandilaba a los transeúntes. Una mujer talla trece y de estatura baja era capaz de despertar pasiones entre los hombres. Su sexualidad eclipsaba lo abultado de su vientre. Con su minifalda gustaba hasta al más difícil de complacer.

En la forma de sus zapatos se anteponía lo triangular, la pantorrilla alzada a un ángulo perfecto, daba comienzo a una aventura por su cuerpo; sus piernas con movimientos repetitivos alegraban el día del que la mirara.

Limpia su arma después de usarla. El olor aún a cuero nuevo calma sus sentidos y la trae de regreso. Fundida por la noche toma el estuche cuidadosamente, aplica tinta fuerte sobre el pequeño rallón, producto del largo caminar. Con cuidado sujeta una franela manchada de rojo, de otras noches, de otras aventuras.

Ya en la rutina, se esconde tras una máscara. Ropas flojas y una novia son suficientes para disimular. En realidad lleva por dentro una Cleopatra desafiante. Forastera en dos mundos, disfruta del poder. Recuerda su lucha contra la curiosidad para voltear y verle el rostro confundido. Quería ver los ojos de aquel chico arrogante, inalcanzable pero no a su deseo.

—No es tan fácil—. Le dijo con una sonrisa irónica—. A mí también me cuesta trabajo, consíguete una chica normal, yo soy muy complicada.

Suspira hondo. Se queda con su placer.

Nadie sabrá de su otra vida.

El velo

dirán que es una mujer
lo podrías asegurar...
—Sonora Skandalo, «Tendencias».

El jazz tenue, una copa de vino, movimientos de hombros y cabeza salpican el ambiente de felicidad. Con varias horas de anticipación, muy emocionada saca su vestido de la cubierta de plástico. Los martirios de la dieta probarán su eficacia. Unas caderas huesudas garantizan el éxito. Se pinta la boca para formar una sonrisa sensual. Disfruta su feminidad. Pasa las manos por sus muslos firmes. Los sentidos se erizan. Está hermosa.

Una mujer, alta y delgada envuelta en un vestido negro entallado, será la sensación de la noche. Las mujeres la envidiarían. El rubor y unas capas de maquillaje complementan su belleza. La cabellera sana y larga resalta la naturalidad de la diva.

—Hoy seremos dos amigas en busca de aventuras. *Ladies night* ¡auuuuu!—. Gritó.

Camina junto a su novia, casi al llegar se da cuenta que nadie la podrá ver. Se equivocaron, el evento fue ayer.

Conmovida por su mirada y para que algunos ojos sean testigos, su novia, la lleva a comprar un helado.

Ya de regreso, en su alcoba, protegido por la soledad, todo es normal. Guarda su único vestido con su gran escote, ahí, en el closet, junto a sus sentimientos, escondidos, por si acaso.

In-Between

En un desierto lugar de Irán hay una no muy alta torre de piedra, sin puerta ni ventana. En la única habitación (cuyo piso es de tierra y que tiene la forma de círculo) hay una mesa de maderas y un banco. En la celda circular, un hombre que se parece a mí escribe en caracteres que no comprendo un largo poema sobre un hombre que en otra celda circular escribe un poema sobre un hombre que en otra celda circular... El proceso no tiene fin y nadie podrá leer lo que los prisioneros escriben.

—Jorge Luis Borges, Un sueño.

Memorias de un Camaleón

Mi último sueño fue curioso: había hielo y un camaleón se volvió transparente queriéndose perder. Se percató de mi presencia y desapareció. En un vaso, tomé un poco de hielo y de un sorbo lo tragué. Todavía lo siento nadar por mi cuerpo haciéndome cosquillas en los ojos y a veces actúo como él.

El Castigaré

El loco *Castigaré*, estaba decidido a imitar el tiempo cíclico. Se paseaba en el centro *dando maromas* por la banqueta. Muy serio y con voz fuerte gritaba:

—No sean vanidosos mortales, todos nos movemos en función del tiempo, por eso todo se repite. Los actores cambian y la función es la misma.

Sonreía mirando al cielo, luego se agachaba para seguir su camino.

El Doblado

Si no sirves para matar
Sirves para que te maten
—Gerardo Ortiz, «En
preparación».

La valentía de los habitantes de los pueblos latinoamericanos debe ser conmensurada con el reciproco esfuerzo de las pocas voces que desde aquí en el extranjero pueden ser alzadas para señalar a los gobernantes corruptos que los han mantenido pisoteados a lo largo de su existencia apoyo incondicional a mis hermanos del sur que se han unido para protestar las injusticias de sus gobiernos opresores no queda otra más que celebrar su esfuerzo quemando hierbita de Sinaloa.

La Sombra

Una sonrisa era el pago que siempre esperó. Todos los días cuidaba de Él. Cada noche se escapaba con la luz. Se pasó la vida siguiendo sus pasos. Sigilosa deambulaba detrás de Él. Su presencia era sólo un suspiro, un espectro, incapaz de producir sensaciones o provocar alguna reacción. La esposa enamorada siempre fue observante, lo imitaba a cada paso. Él era tan hermoso, tan sobresaliente, todo lleno de color. Ella, una sombra condenada a ser una proyección que se confundía con otros objetos. Siempre temió desaparecer en la oscuridad. El ser sin rostro decidió darle fin a su encierro. Ahora ayuda en La casa del Peregrino, mientras espera que el tiempo la funda con Él. No hay dolor, sólo la ironía de una vida efímera y sin sentido.

El Norteado

Cada vez que cruzaba a Estados Unidos le entraba un calor insoportable, por la espalda le escurría sudor. Siempre la tenía empapada. Los granos se le antojaban, sobre todo los frijoles. Sus manos se le curtían, se le ponían callosas, las tenía llenas de tierra y aceite. Cuando regresaba a su país, el calor desaparecía y la espalda se le secaba. Después, con el tiempo, aprendió *English* y a criticarlo todo.

Desempleado

Se había quedado sin trabajo. El espejo deambulaba por las calles en busca de sustento digno para su familia. Por un tiempo pretendió tener trabajo ante los suyos. Salía temprano escondiéndose en cualquier edificio público que se le presentara. Lo económico lo resolvía con mecanismos crediticios. La astucia lo traicionó y todo se le complica. Sus problemas existenciales eran los más notorios. Recordaba cómo de pequeño siempre le gustó inventar personajes; unas veces era astronauta, otras veces reparaba su bicicleta y se convertía en mecánico. Su imaginación siempre fue muy vasta. El infeliz espejo decidido a cambiar, escribió una lista de los peores trabajos:

1.-papel de baño
2.-llanta
3.-bala

Los días difíciles pasaron. Su introspección funcionó. Actualmente trabaja en un museo de Arte. Es una obra importante: representa la imagen abstracta de la realidad.

Nostalgias

Hurgando entre los baúles me encontré con una imagen paralizadora. Es un cuadro que se materializó para perseguirme. Mi esposa estaba ahí, recostada, envuelta en una armadura de madera. Junto a la caja se veían sus familiares, todos con caras largas atestiguando el suceso que yo desde acá tenía que sufrir. Antes que no podía cruzar era un autómata, los demás me llenaban de información por teléfono y de nostalgias digitales. Ahora que soy *pocho*, esas calles de mi pasado son distintas, ya no me pertenecen. Su realidad me duele, pero prefiero mis recuerdos.

Remedio

Dicen que la dosis de insulina que se inyecta una ciudad se mide en locos. En el patio del manicomio, *El Magnate de Ideas* ríe burlonamente, sabe que en el cofre de su cabeza guarda la verdad. Su compañero, *El Lector* trata de asaltarlo apuntándole con el índice, mientras con la otra mano sostiene un cuadernillo y lee: ¡Pum! ¡Pum! ¡Pum!

Epifanía

Fue a agradecerle a Santo Toribio Romo por salvarle la vida en el desierto de Arizona. Cuando entró a la iglesia de Jalostotitlán se dio cuenta que el santo no se parecía al hombre que le dio agua.

La Nube Sin Brillo

Un espectro se me aparece en ocasiones y hace ruidos. Pretende imitar mis movimientos, pero siento que dirige mi camino. Mi Voluntad se convirtió en su aliada y entre los dos controlan mis pasos. Jalan uno por uno los hilos de mi comportamiento. La Nube Sin Brillo porque así lo llamo yo, se apoderó de mí y danzando me robó los sentidos.

El poeta

Dentro del subconsciente hay un pensamiento que se resiste a desaparecer. Ahí las historias se entrelazan y la razón pierde sentido. Las ideas mutadas toman forma y con un suspiro se desvanecen. Los días cobran vida y se van pintando con los oleos del humor. El pensamiento sigue allí sobre el podio de la vanidad aferrándose a una importancia transparente. Yo lo contemplo con la ternura consciente de su falta de originalidad.

Estos finales

Esto sólo es un intento de cuento. Le pido me disculpe por no contar el final. Cuando cambie de hoja se dará cuenta que coincide con el narrador. Es mejor censurar estos finales.

Muted

The artist / bled to death
he had run out / of real red
for his canvas...
Francisco X. Alarcón, *Tattoos.*

Thanksgiving

Unos días antes compró un perfume para la ocasión. Su aroma lo usaba como estrategia para impresionarla. A unos meses de los sesenta, la juventud era una cualidad que aún pretendía. Tenía su rutina después del desayuno: dejar los contenedores limpios y caminar un par de cuadras para ejercitar a su perra. Su automóvil lucía impecable, se había preparado con tiempo para el encuentro. Era una de esas cualidades heredadas por su formación militar.

Hoy sí vendrá, está seguro porque él la invitó personalmente. Se atrevió, la buscó y acordaron la cita. Él sabe que la necesita, pero le preocupan las voces, las opiniones. Le preocupan su mujer y sus hijos, le preocupa el futuro, le molesta el verbo decepcionar. No hay marcha atrás, es consciente de su decisión. Nunca se había sentido así, intenta sonreír. Está nervioso, siente un calor inusual en el ambiente.

Con su mirada perdida en el camino, piensa:

—La gente parece tan lejana, tan relajados, tan felices y yo aquí tan nervioso, envuelto en este problema.

El corazón le late a gran velocidad, siente lo acelerado de su cuerpo. Por fuera muestra una tranquilidad absoluta. La música suaviza su trayectoria. En su mente, mantiene un monólogo de posibilidades.

—¿Me veré bien? ¿Sonreiré cuando llegue? ¿Notará mi olor?.

Cauteloso, le saca jugo a cada instante. Hace ejercicio, corre por varias horas, pretende escapar de algo. Al terminar, todo sigue como lo dejó, no se puede perder. Fue acomodando el momento ideal. En su cara apenas se le distingue una sonrisa. Tiene la mirada perdida, perpleja, contrastada con su actitud gentil y amable. No levanta sospechas de su intranquilidad. La hora de su encuentro está más próxima.

La punzada en la sien le incomoda más, es un palpitar que no lo deja desde el día en que se equivocó. El golpeteo aumenta, es denso y profundo, lo tiene herido. Su secreto lo irrita como si tuviera una enfermedad vergonzosa en el cerebro. Sus pensamientos lo carcomen poco a poco, le arde, le da comezón.

Está harto de especular, la hora llega. Sale y camina como acostumbra. Después de dos cuadras se detiene.

En su lengua siente lo frío del cañón del revólver y jala el gatillo.

La pólvora se disuelve en el aire.

Un cuerpo

Desolado, en un clima casi inhumano, la luz se enfocaba en mi rostro, las gotas de arena raspaban mi piel, levanté la vista y a lo lejos una roca.

—Recobraré la energía al sentarme en ella—. Pensé. Poco a poco el bulto se hacía grande y la roca ya no era roca. Al llegar, la duda y el miedo emboscaron mi desgraciado ser. La abundancia del silencio adornaba el ambiente. Una camisa a cuadros, la parte frontal desfajada y los tenis sucios, gastados de la punta, delataban su amistad con el balón. Tenía un pantalón negro bien planchado, vestido quizás para una reunión social. El brazo extendido terminaba en una piedra. Desafiando a su enemigo se quedó ahí, estático, como un luchador de plástico. El pequeño ser estaba inmóvil, ansioso por ser descubierto. Como si fuera un chisme, de la boca se le escapaba el escarlata de la violencia. El montoncito contenía un sinfín de posibilidades que ofrece la juventud. Con el entrecejo fruncido conservaba una mueca irónica, desafiante, un coraje inocente incapaz de hacer daño. En el aire, se percibía la energía potencial fugándose por la hendidura de sus heridas. Había un ambiente de frustración quizás por las aventuras interrumpidas. Le quité la piedra y la aventé al vacío.

Alcé la mirada y emprendí el regreso. Pido al azar que no comparta su destino.

Ambidiestro

*If we have the capacity to endure, /
if we have the patience, / things will
change.*
—César Chávez

I

Eran las doce. El sol parecía derretir las suelas de sus zapatos. Por su baja estatura, Joaquín no podía ver más que las piernas de la gente a su alrededor. Se imaginaba los rostros de las personas por la condición de su calzado. Todos eran diferentes, unos más sucios que otros, raspados, rotos, viejos. Con su juego dedujo que todos deberían ser feos. No comprendía, pero le emocionaba la gente, le gustaba que fueran así, caminando en bola. Su abuela se veía contenta, gritaba con los demás. Le decía a Joaquín:

—También tú, hijo, grita fuerte para que te escuchen.

El niño estaba feliz, porque paseaba con su abuela y porque le gustaba la gente. Se aguantaba, aunque a veces lo empujaran y otras se acercaran hombres que tenían un olor desagradable. Para no quejarse, jugaba al buzo y contenía la respiración, duraba minutos con los cachetes inflados.

Se separaron del grupo. Su abuela le indicaba el camino jalándolo de la mano. A lo lejos Joaquín podía ver a un hombre que gritaba más que todos en el grupo. El hombre ardía de coraje, estaba todo rojo. Las llamas salían de su cuerpo. Joaquín cerró su ojo izquierdo estirando la mano y con sus dedos trató de apagarlo.

IV

Inhala el cántico de los cientos de jóvenes que se han congregado en la avenida principal. Aspira un aroma familiar de protesta. Esos rostros lo han contagiado de emoción. No grita, los sigue desde atrás. Camina a una distancia que se traduce en un apoyo cauteloso. Esto ya no le corresponde a Joaquín, no tiene voz. Está avergonzado por su vida. Siente que con sus acciones se ha mutilado la lengua. A sus ideales, los reemplazó por la alegría de vivir con su familia. Es un espectador de primera fila. Conoce el principio y el desenlace de la marcha. Es un río que se llena con fuerza y se le unen otros cauces, pero al final no hay certeza en el desemboque. Joaquín sabe que todo es euforia, que cuando finalmente sean escuchados, no sabrán que decir. Sabe que todo quedará en ruido. Sabe que mañana las obligaciones enmudecerán el movimiento. Alza su puño derecho y los acompaña hasta la plaza.

III

Su corazón parecía estar sincronizado con el acelerador del auto. Asustado, sujetó fuertemente el volante. No sabía a dónde ir; la carretera desierta le agregaba dramatismo a lo infinito de la llanura. La música afinaba sus nervios, sólo quería estar a salvo.

La camioneta se acercaba cada vez más. Era la misma que había visto en Lamar, le llamó la atención por su color carmín y por los vivos azules. Le molestó que estuviera adornada con la bandera de la Confederación del Sur. No distinguía los rostros de los pasajeros, únicamente sus cabezas rapadas. Intuía que esto era una persecución. La *troca* hizo un cambio de luces y Joaquín redujo la velocidad haciéndose un poco a la derecha. Su sospecha estaba confirmada, los rapados iban tras él. La Chevy también desaceleró y se mantuvo a la sombra del auto. Un golpista asalariado se veía vulnerable. Estaba a merced de la voluntad chata de individuos sin imaginación. La importancia de su vida adquiría otro tono. Rosa Parks y otros mártires oscilaban en su cabeza. La decepción teñía su sonrisa. Había viajado a Colorado para sindicalizar trabajadores que no lo necesitaban.

Mareado por el recuerdo de la historia tan grotesca de su país, Joaquín siguió conduciendo. Estaba seguro que sería víctima de un crimen de odio. Todo lo leído lo viviría en carne propia. Era una minoría en tierra de blancos. Dos hombres furiosos seguían al agitador para darle una lección. La estación de policía del condado de Eads se cruzó en su camino. Instintivamente, Joaquín volteó a la derecha y paró en el estacionamiento. La Chevrolet siguió de largo.

II

Sin conocer a los trabajadores y sin haber cambiado sus condiciones, fue la manifestación más memorable. El silbato accionado atraía los cientos de pasajeros distraídos. Había un comportamiento inusual en el aeropuerto O'Hare de Chicago. Un grupo de jóvenes actuaba como pasajeros y al escuchar el sonido indicado, cambiaron su vestimenta a un verde fluorescente. Caminaban en línea apoyando a los trabajadores de limpieza. La seguridad nacional había convertido al recinto en intocable; era un lugar peligroso. El caos se apoderó, los silbatos se mezclaban con gritos, el miedo invadió la *demonstración*. Aparecieron decenas de policías antimotines. Pasó sus días universitarios viviendo por sus ideales, organizando movimientos estudiantiles y marchas. Recordó cómo apoyaba a los preparatorianos. Los instruía escribiendo siempre con su mano izquierda. Desafiante, siguió caminando, desobedeciendo el llamado a detenerse. Joaquín cayó inconsciente tras haber recibido un macanazo en la nuca.

Ecos

Estaba feliz por recorrer *la tierra* de mis antepasados, el camino serviría para escribir. Me senté en el tercer lugar, frente a una señora. Poco a poco el aburrimiento me enteró del entorno. La mujer vestía con dos piezas, su cabello negro, descubierto, lo tenía amarrado con listones de colores. Con la mano izquierda sostenía fuertemente unas monedas. Sus zapatos eran unas sandalias negras de plástico, que por su baja calidad resaltaban su origen chino. Las pantorrillas sucias y resecas exponían un largo caminar. Le regalé una sonrisa pero se desvaneció con la seriedad de su rostro. Su mirada estaba pálida, perdida, nuestros ojos se encontraron, pero prontamente se deshizo de mi presencia. Cabizbaja siguió inerte, tenía los ojos de un perrito regañado, miedoso y atento para esquivar un golpe imaginario. En su mirada se reflejaba el dolor que cargaba de algún pecado.

Decidí no molestarla más con mi insistencia de ser amigable y me recosté en el asiento. Recordé mi primer viaje en avión, la frivolidad de Filadelfia y su clima lluvioso. Las interminables horas del viaje me orillaron a regresar en avión, a pesar del alto costo contrastado con mi limitado presupuesto. Estaba ansioso, era un loco conquistando suelos y dinámicas imposibles para mi clase social. Mi inglés, del que tanto me enorgullezco, estaría bajo los más rigurosos escrutinios. Mi ropa era la mejor que podía comprar, quería verme presentable al viajar. Un americano alto me ayudó a guardar mi maleta en el compartimiento de arriba, recuerdo su blanca sonrisa y su *don't worry*. Me aferraba a mi pasaporte con fuerza, era mi escudo para no ser deportado, la única defensa contra la condición de ser ilegal. Con un gesto nervioso pretendí regresar la sonrisa, esbocé un *yes sir*, me senté sin voltear hacia los lados. El nerviosismo del primer vuelo había sido remplazado por el acoso constante de las miradas que ansiaban verme equivocar, fueron las dos horas más largas de mi vida.

Al llegar, el sol de mi ciudad me iluminó el rostro. Las montañas de la Sierra Madre se desvanecieron, un rayo de luz se escurrió entre las nubes. El camión paró, la mujer siguió su camino, la seguí por la ventana, su mano izquierda estaba vacía. Ahora la comprendo, a mí tampoco me gustó aquel mundo de hostilidad.

Esa madrugada

Para Lizet Torres

Era blanco y muy pachón, tenía los ojos azules. Un angora de tres meses, era el gran orgullo de Laurita. A Blas se lo habían regalado cuando cumplió seis años. Le gustaba verlo brincar de un lado a otro y cazar los insectos en el patio. Le causaba mucha risa como desde el respaldo del sillón de la sala brincaba hasta el centro de la mesa. —Es un travieso —. Decía. Ese día salieron a caminar muy temprano. Su mamá no le pidió que se cepillara los dientes. La niña no comprendía, su madre cargaba una mochila con ropa de las dos y caminaba nerviosa. La había dejado traer su gato, ella lo abrazaba muy fuerte.

—Laurita, mijita, hoy te llamas diferente, ¿sí?, por lo que más quieras, mi'ja, si te preguntan cómo te llamas, tu nombre es Saraí Flores Gutiérrez, nomás hoy mi'ja, ¿sí? no quiero que te vayan a fichar, a llevar a la cárcel. Tu hermanito ya está con tu papi y nosotras los vamos a alcanzar.

Tomadas de la mano, caminaron por la única calle pavimentada hasta la plaza del pueblo. Su mamá apurada le jalaba la mano. Esa madrugada, el frío las obligó a salir abrigadas. Cuando llegaron a la iglesia, la oscuridad dominaba el ambiente. Una *troca* roja las esperaba, subieron a la caja y así viajaron por un rato. Laurita apenas se iba quedando dormida cuando ya era hora de bajar. Esos otros bultos ya se podían distinguir. Las acompañaban dos señoras y tres hombres. Empezaron a caminar, Laurita tenía frío, pero después de un rato se le quitó. La mano de su madre le apretaba fuertemente los dedos, como cuando le tomaba la mano enojada. Con voz suave repetía:

—¡No tengas miedo mijita! ¡Saraí no te asustes! A ver ¿cómo se llama mi'ja?

—Sa-ra-í, Flo-res, Gu-tié-rrez.

La niña traía amarrada a la cintura una muñeca que venía arrastrando hace tiempo. Esta era la primera vez que Laurita veía cómo el cielo cambiaba de color. Se iba poniendo rosa, poco a poquito. Nunca había andado por lugares tan feos, tan llenos de tierra pegajosa. Traía los tenis sucios, esperaba que su mamá no se enojara, como cuando metía los pies a los charcos. El camino la aburrió, estaba cansada. Se iba quedando dormida, se tambaleaba hacia los lados, pero no quería abandonar a su gato.

A pesar de su forcejeo, un señor la cargó y la puso sobre sus hombros mientras que su madre sostenía al gato. Finalmente se quedó dormida. Después de un rato, los maullidos que se confundían con el llanto de las mujeres, la despertaron. Todos tenían caras tristes. Unos señores con trajes verdes los rodearon. La niña no comprendía por qué, si no se veían malos, hablaban muy chistoso y después de platicar con cada uno, los subieron a su camioneta.

Cuando le tocó, el policía le preguntó su nombre. Se llamaba Saraí Flores Gutiérrez y su gato Pedro.

Ella tampoco quería que a Blas lo ficharan.

Broken Dreams

¡Sí, seré siempre un gandul,
lo cual aplaudo y celebro,
mientras sea mi cerebro
jaula del pájaro azul!
—Rubén Darío, *El pájaro azul.*

Maricopa

The stage was set / a new guest arrived / he was staring to the floor / to the dirt where he belongs! Like the rest of us / His eyes were red / Not for watching a sad movie / but from a profound pain

He was hurting deep inside his soul / very tired from not sleeping / tired of holding in tears / something deep, oppressed his chest / The air filling his lungs was not enough / because the rest was filled by his contained emotions / He turned into a NO-MAN / Into a living ghost / Fed by a melted yesterday

He remained silent / with his head towards the floor / dying of shame / not because his pink uniform / or because he was eating expired food / He was ashamed of being an easy target / An easy prey to his captors / He went out to eat and got caught outside McDonalds / now he is GUILTY!

Guilty of enjoying an instant! / An instant of his miserable life

His curved back forced him to stare to the floor / His eyes were glued to the ground

He passed his hands over his face / Once, and then once again / One finger cleaned some drops/

his eyes could not contain

He had a fake smile / at least he tried to smile / But could not erase his desolation/

He had an uncertain future / He criticized his country / now, he had time to question / He wanted an answer to his curse / He asked: Why? / Why him? / Why his family?

Why wasn't he blessed with citizenship? / Why wasn't he born up north? / Why not golden hair?

He spited / for the first time his words repudiated his Mexican heritage

From Mexico I only remember suffering / I remember the student massacre in Tlatelolco / The women from Juarez / The migrant massacres / The racism towards the indigenous people / but then I also remember my parents

Something started burning inside me/ with a defiant look I stud up / my eyes were glowing / and patiently I waited for the officer

My time was complete / in my mind the reconstruction had begun / I reached my fellow's shoulder and with a gentle voice I said:

—Te espero afuera.

Tic tac

Para Silvia Inzunza (In memoriam)

Sonriendo, nerviosa mira el reloj. Los segundos caen lentamente. Las gotas se hacen espesas. Lo rojo se alarga. Las palabras dejan de tener sentido y poco apoco se desconecta: esos rostros borrosos ya no pertenecen a nadie. Después de hoy nada tiene sentido, ni la bienvenida ni la despedida. Todo queda en imperfecto, todo en posibilidades. El aire hostil la invade, explotan sus sentidos, se pone en blanco. Callada, en un rincón, sufrió su viacrucis. Ahí en un pedacito, se fugó de la vida.

Fireworks

Sale de su nido dejando una estela plasmada en el aire.
PARALELA al arcoíris, un ave de acero nada por los cielos.
ANÓNIMA hilvana el recorrido augurado por los unos y los
ceros. El sol se asoma para producir un
    violeta tenue, seguido de un azul profundo. Una
TRAYECTORIA apocalíptica germina la vida sobre la tierra
infértil. Cansada de
REPETIR dramas ficticios, la armadura sigue volando
consumando instrucciones precisas.
INSOLENTE, el pájaro de hierro desobedece su destino.
Cientos vigilan el vuelo conocen su importancia.
    La hojalata rebelde, no destruye su
OBJETIVO. Por su
TERQUEDAD, el ave se convierte en una lluvia plateada.
Cientos de plumas metálicas inundan el
    desierto.

La voz irónica de su creador retumbó en el cielo:
—Los misiles con conciencia no sirven para la guerra.
El software falló, hay que repetir las pruebas.

Bombón

Era el partido más importante de su vida. Estaba a punto de jugar la final contra Los Manzaneros. Había un árbitro y dos jueces de línea. El uniforme del otro equipo lucía imponente. Un rojo que se perdía con el blanco en la camiseta. Despertarse con la sensación de ser necesario para el triunfo hacía del día algo especial. La combinación perfecta de olores, césped y humedad, inspiraban a Carlos a la creación. Justo con la punta del pie, con un tenue movimiento casi rozándolo detiene el balón. Cambia de perfil, ahora su pierna izquierda es la encargada de dibujar sobre el lienzo. Su oponente se pasa de largo y tres pasos más adelante amarra sus tachones con el pasto, y ve a Carlos encarando a otro rival. El chico le da un puntapié, pero Carlos, rápidamente jala el balón y con la parte interna da un ligero pase a su pierna derecha. La pelota lleva un poco más velocidad, Carlos la alcanza y continúa mirando hacia enfrente. Los contrarios titubean, saben que Carlos los burlará en sus intentos.

Dentro de esa esfera se encuentra una sustancia dulce que todos quieren. Los granos de azúcar se le van cayendo cada vez que bota. El balón está hecho de un material que produce felicidad. Frente a la portería contraria Carlos cede su regalo. Deja que el caramelo envenenado lo saboreé su compañero.

Sexting

<Una a una en diferentes direcciones>   < las ondas de energía pasan por mi cuerpo>   <yo ansioso aguardo que activen mis sentidos>   <la respuesta no llega>   <todo en silencio> <espero>   <Infinidad de palabras llenan mi subconsciente> <adopto personalidades infinitas>   <me altero con facilidad> <carcajadas de locura saturan mi memoria>   <Vigilo los espectros>   <viajan en frecuencias simétricas>   <soy guardián de verdades>   <profeta de pasados>   <Perceptivo lo espero>   <ansioso por ser tomado>   <sus dedos activan mi ser>   <luz emana desde mi interior>   <su aliento elocuente eriza mi piel>   <el agudo de mi silbido lo acerca a mí>   <una vez más me habla al oído>   <escucha atento la voz de mis secretos>

<¡Ring! ¡Ring! ¡Ring!>

Saluda con esas palabras que acostumbra:
—Bueno. ¿Quién habla?

Ciudad-panteón:
sopla el sol
sonrisas.

Contenido

Broken Dreams